Mark Sarg

Der Papst als Tausendfüßler

Mark Sarg

Der Papst als Tausendfüßler

Bizarre Kurzgeschichten

Goldene Rakete Verlag für Belletristik

Imprint
Any brand names and product names mentioned in this book are subject to trademark, brand or patent protection and are trademarks or registered trademarks of their respective holders. The use of brand names, product names, common names, trade names, product descriptions etc. even without a particular marking in this work is in no way to be construed to mean that such names may be regarded as unrestricted in respect of trademark and brand protection legislation and could thus be used by anyone.

Cover image: www.ingimage.com

Publisher:
Goldene Rakete Verlag für Belletristik
is a trademark of
International Book Market Service Ltd., member of OmniScriptum Publishing Group
17 Meldrum Street, Beau Bassin 71504, Mauritius

Printed at: see last page
ISBN: 978-620-2-44505-4

INHALTSVERZEICHNIS

DER KÖNIGLICHE BEWEIS ... 3

DIE PENETRANTEN AUGENGLÄSER ... 4

DAS ERFRISCHENDE GESCHÖPF ... 5

DAS ERMÜDENDE GESCHÖPF ... 6

DAS ERMÜDETE GESCHÖPF ... 7

DIE INTERESSANTE KREATUR ... 8

DIE REICHE LEICHE ... 9

DIE PFLEGELEICHTE LEICHE ... 10

DER PAPST ALS EDELTRAUBE ... 11

DER PAPST ALS LEIBSCHÜSSEL ... 12

DER PAPST ALS LEIBWÄCHTER ... 13

DER PAPST ALS BIERDECKEL ... 14

DER ENTFERNTE SCHREI (1) ... 15

DER ENTFERNTE SCHREI (2) ... 16

DAS UNVERGLEICHLICHE GESCHÖPF ... 17

DIE UNVERGLEICHLICHE KREATUR ... 18

DER PAPST ALS KNACKWURST ... 19

DER PAPST ALS FLIEGENDRECK ... 20

DIE WAHRE HEIMAT ... 21

DAS SÜNDIGE GESCHÖPF ... 22

DIE FROMME LEICHE 23
DAS SAUMENSCH 24
DAS VERDORBENE GESCHÖPF 25
DAS UNVERDORBENE GESCHÖPF 26
DAS EHRENHAFTE GESCHÖPF 27
DIE UNEHRENHAFTE KREATUR 28
DER PAPST ALS BIERRETTICH 29
DER PAPST ALS MEERRETTICH 30
DER KATHOLISCHE SARG 31
DIE ERBÄRMLICHE KREATUR 32
DAS UNHEILVOLLE GESCHÖPF 33
DIE UNHEILVOLLE KREATUR 34
DAS UNHEILVOLLE WESEN 35
DER PAPST ALS TAUSENDFÜSSLER 36
DAS EXORBITANTE GESCHÖPF 37
DAS ERKLÄRLICHE GESCHÖPF 38
DAS UNERKLÄRLICHE GESCHÖPF 39
DER SIEGESZUG DER HEILIGEN SCHRIFT 40
DER UNSAGBAR DÄMLICHE GEIST 41
DER POPULÄRE MORD 42
DER SARG ALS GELDEINTREIBER 43
DIE GRAUSIGE WAHRHEIT 44

DER KÖNIGLICHE BEWEIS

Beim Öffnen ihres Mülleimers kroch Mrs. Artemisia Kümmelsack ein überaus stattlicher Wurm entgegen, verneigte sich in höfischer Gewandtheit und Manier – und stellte sich als wiedergeborener König Heinrich VIII. vor.

„Ach du **armer** Wurm, das kann nun wirklich ***jeder*** behaupten!“, wandte sie völlig unbeeindruckt ein – worauf er ihr in altertümlichem Englisch Details aus seinem früheren Leben sowie über seine bedauernswerten Frauen enthüllte.

„Das mögen Sie sich angelesen haben, das hat rein gar keine Beweiskraft! – Zeigen Majestät mir seine Krone, ***dann*** bin ich seine Dienerin!“, verulkte sie ihn, und wollte ihn schon liquidieren – da schnappte er sich ein Küchenbeil und enthauptete sie.

Und jetzt erst war sie bereit, ihm zu glauben.

DIE PENETRANTEN AUGENGLÄSER

Beim Lesen in der Bibliothek bemerkte Monsieur Montpellier Kaltlaus einige Plätze weiter ein Paar Augengläser, die ihn seit längerem unablässig und penetrant von der Seite fixierten. Obwohl sie ihm irgendwie bekannt vorkamen, hatte er keine Ahnung, wem sie gehörten – doch wollte er sie nicht fragen, weil ihm dies reichlich dämlich erschienen wäre.

Anderseits begann ihn die ständige Taxierung allmählich zu enervieren – und so verfiel er auf eine List. Er bat die Gläser höflich um Erlaubnis, sie kurz aufsetzen zu dürfen – worauf diese sofort nach der Saalaufsicht kreischten und ihn eines unsittlichen Antrags bezichtigten.

Da wusste er schlagartig: Sie gehörten seiner Wohnungsnachbarin!

DAS ERFRISCHENDE GESCHÖPF

Ein erfrischendes Geschöpf grub frisch Beerdigte wieder aus, erfrischte sie mit Limonade und brachte sie zurück zu ihren Hinterbliebenen.

Die ob dieses „erfrischenden“ Einfalls meist weit ***weniger*** erfrischt waren ...

DAS ERMÜDENDE GESCHÖPF

Überall, wo es erschien, erfreute ein ermüdendes Geschöpf sich allergrößter Beliebtheit – brachte es doch den heiß ersehnten, seligen Schlaf.

Dass man aus diesem dann nicht mehr erwachte, wusste man freilich erst hinterher ...

DAS ERMÜDETE GESCHÖPF

Ein ermüdetes Geschöpf hatte genug vom Leben und beschloss zu sterben.

Doch so einfach war dies gar nicht – 99 Jahre sollten noch vergehen, bis es endlich so weit war!

Denn um aktiv „nachzuhelfen“ – dazu war das Geschöpf erst **recht** viel zu ermüdet ...

DIE INTERESSANTE KREATUR

Eine Kreatur mit lila Ohren, violettem Spitzbart und grünem Federhut war so interessant, dass jedermann sich zu ihr hingezogen fühlte und ihr im Nu verfallen war – ohne sich auch nur im Geringsten erklären zu können, ***was*** das eigentlich Interessante an ihr war.

Hätte er dies freilich gekonnt, wäre er ihr mit Sicherheit ***nicht*** verfallen ...

DIE REICHE LEICHE

Die vormalige Marquise Brunhild Klotzkopf war so reich, dass sie sich **1000** Särge hätte leisten können. Und doch blieb sie stets ihrem **einen** treu.

Aber auch nur, weil sie ihren Mammon in seinem doppelten Boden aufbewahrte.

DIE PFLEGELEICHTE LEICHE

Eine Leiche war so pflegeleicht, dass man sie ***gar*** nicht zu pflegen brauchte.

Und wurde dabei ganz von selbst immer **noch** leichter – bis sie irgendwann nur ein Gerippe war.

Und dieses war dann erst so richtig ***super***pflegeleicht!

DER PAPST ALS EDELTRAUBE

Als kostbar gereifte Edeltraube hoffte sich Papst Leuchtgurk II. dereinst in den Mund des Herrn zu träufeln.

Gelangt hat es dann immerhin noch für eine runzlige Rosine im Sonntagsgugelhupf Luzifers.

DER PAPST ALS LEIBSCHÜSSEL

In milder Demut verstand sich Papst Kropfzopf der Üppige strikt und **ausschließlich** als „Leibschüssel Gottes“.

Und demgemäß blieb dies leider auch seine ***einzige*** „Erklärung“ während des gesamten Pontifikats …

DER PAPST ALS LEIBWÄCHTER

Wie alle seine Amtsgenossen erachtete selbstredend auch Papst Nachtblut der Emsige den Schutz des christlichen Fleisches vor den mannigfaltigen Verlockungen der Hölle als nachgerade **heiligste** Pflicht.

Und wie fast alle anderen auch, war er **nach** seinem ruhmreichen Abgange bass erstaunt, seine überragenden Fertigkeiten nun ausgerechnet als Leibwächter des **Teufels** einsetzen zu müssen …

DER PAPST ALS BIERDECKEL

Einmal nur kurz ein einfacher Bierdeckel sein! Diese verlockende Vorstellung begleitete den leidenschaftlichen Biertrinker Papst Schaumnudel den Kräftigen fast seine gesamte Amtszeit lang.

Nun – vielleicht ward ihm sein Herzenswunsch ja später noch für ein ganzes **Leben** erfüllt …

DER ENTFERNTE SCHREI (1)

Bei einem Waldspaziergang vernahm Baron Oktavius Seenudel einen entfernten Schrei.

Rufend erkundigte er sich nach dessen Begehr, worauf sich der Schrei ungestüm näherte und ihn anfuhr: „Was fällt Ihnen ein, hier derart herumzubrüllen! Wollen Sie mir die Kundschaft vertreiben? Und haben Sie überhaupt eine Konzession? Wenn nicht, entfernen Sie sich gefälligst!“

Da **flüsterte** der Baron um Vergebung und entfernte sich.

DER ENTFERNTE SCHREI (2)

In unwegsamem Gelände stieß Demoiselle Girofla Leuchtpilz auf einen Schrei.

„Hier bemerkt sie doch kaum einer!“, erbarmte sie sich seiner – und entfernte ihn, indem sie ihn in die nächste Ortschaft mitnahm.

DAS UNVERGLEICHLICHE GESCHÖPF

Ein unvergleichliches Geschöpf verglich sich mit dem lieben Gott.

Zur Sühne dafür rutschte es herab zu einem **Menschen**.

DIE UNVERGLEICHLICHE KREATUR

Eine Kreatur ist so wahrhaftig ***un***vergleichlich, dass man sie mit nichts und **niemandem** vergleichen kann.

Doch ebenso wenig, wie sie vergleichlich ist, ist sie leider auch ***beschreiblich***.

Und alle jene, die sich gar zu erdreisten versuchten, ihr Wesen in ***gesprochenes*** Wort zu binden, bereuen dies noch heute bitterlich!

Dem bleibt somit nichts mehr hinzuzufügen ...

DER PAPST ALS KNACKWURST

„Knackwurst in Essig und Öl“ war das erklärte Lieblingsgericht von Papst Juckmaus dem Wohligen – und auch der Teufel, bekanntlich Stammgast im Vatikan, zeigte sich davon derart angetan, dass der Hausherr seine Chance für ein „wahrhaft christliches Opfer“ gekommen sah: Er bot sich ihm – in besonders schmackhafter Zubereitung – **selber** als diesen Schmaus dar, sofern er sich dafür unwiderruflich zum Allerheiligsten bekenne.

Wohl wissend, dass er bei einem solchen „Gegner“ nur gewinnen konnte, zeigte sich der Umworbene natürlich augenblicklich einverstanden.

Doch bedurfte es gar keiner weiteren List, denn der Handel ging im wahrsten Sinne nach hinten los: Dem Höllenfürsten verursachte sein heiliges Mahl solch verheerenden Durchfall, dass er „gottlob“ von jeglicher Vereinbarung **entbunden** war.

Seither hält sich seine Lust auf kulinarische Experimente mit kirchlichen Oberhäuptern freilich in engen Grenzen – und er genießt diese lieber auf altbewährte Weise: Ordentlich durchgebratenen – so scheinen sie ihm vom **größten** Nutzen!

DER PAPST ALS FLIEGENDRECK

„Dieser Fliegendreck muss schleunigst weg!“

Die erste Amtshandlung des von revoltierenden Kardinälen turnusmäßig herbeigerufenen Luzifer, der in der Rolle des neuen Papstes Innozentius des Ewigen wieder einmal gründlich **aufräumen** sollte im Vatikan, bestand natürlich in der Liquidation und anschließenden Heiligsprechung seines **Vorgängers**, Delinquentius des Erbärmlichen …

DIE WAHRE HEIMAT

„Die wahre Heimat liegt für jeden stets nur ***drüben***!“, schrieb der Geographie-Professor Oleander Seewedel zum krönenden Abschluss seiner Laufbahn all jenen ins Stammbuch, die sich bloß mit einem bestimmten Flecken Erde ***über***zuidentifizieren pflegen und ohne spezielles Verdienst auch noch besonders stolz darauf sind.

Und die daher, sofern sie ihre Haltung selbst **nach** ihrer Heimkunft partout nicht überdenken mögen, meist postwendend wieder zurückkehren. Allerdings „vorzugsweise“ in den Rollen derer, die sie zuvor als *anders*, *fremd* oder gar *abartig* mit Wonne verteufelt hatten …

DAS SÜNDIGE GESCHÖPF

Ein sündiges Geschöpf erschien beim Pfarrer, um zu beichten.

Doch da es ***wirklich*** sündig war, gab es sich damit keineswegs zufrieden – sondern schleppte ihn anschließend nach Hause, um ihn zum Abendbrot zu braten.

Und freute sich in seiner Sündhaftigkeit schon auf die **nächste** Beichte ...

DIE FROMME LEICHE

In tiefer Frömmigkeit dankte die selige Miss Cora Schleifstrumpf täglich aufs Neue der Vorsehung für die Erreichung ihres nunmehrigen Zustandes.

Und ebenso inniglich ***verbat*** sie sich künftig jedwede weitere Geburt.

Geholfen hat ihr Letzteres freilich nur sehr bedingt ...

DAS SAUMENSCH

Auf solch ***triebhafte*** Weise war Lady Clelia Lord Hudson Gurkenmeister zugetan, dass sie vor versammelter Trauergemeinde den Sarg vor dem Hinablassen noch rasch öffnete, um den Gemahl ein letztes Mal „unzüchtig" zu berühren.

„***So*** ein Saumensch!", riefen wie aus einem Mund dieselben Leute, die ihr eben erst „aus ganzem Herzen" kondolierten, und bekreuzigten sich, ehe sie die Flucht ergriffen.

DAS VERDORBENE GESCHÖPF

Ein verdorbenes Geschöpf übergab sich in einem fort und bekreuzigte sich dazu.

Wo anders als unter **Menschen** findet man ***noch*** so viel Verdorbenheit!

DAS UNVERDORBENE GESCHÖPF

Allzu bereitwillig ließ sich ein unverdorbenes Geschöpf von einem smarten Kavalier verzehren.

Was leider umgehend zu seiner **Verderbnis** führte.

DAS EHRENHAFTE GESCHÖPF

Ein ehrenhaftes Geschöpf verneigte sich den ganzen Tag lang tief vor seiner Ehre.

Denn es besaß nichts anderes.

DIE UNEHRENHAFTE KREATUR

Eine Kreatur wurde unehrenhaft aus der Armee entlassen. Doch von ***höherer***, nicht diesseitiger Gewalt.

Ihr Vergehen bestand darin, dass sie bei der ***Armee*** gewesen war ...

DER PAPST ALS BIERRETTICH

Dem für seine Erdverbundenheit wie Gaumenfreuden gleichermaßen geschätzten Papst Nuschelhengst I. gefiel es stets ungemein, als „schlichter Bierrettich im Garten des Herrn“ aufzutreten.

Doch als er dann wirklich mit der Erde verbunden war – wurde leider etwas gänzlich anderes, durch und durch **Ungenießbares** aus ihm …

DER PAPST ALS MEERRETTICH

Wiewohl beileibe nicht mehr der Jüngste, empfand sich Papst Tischwein der Süffige mit Antritt seines Amtes als frischer, vitaler **Meerrettich**.

Und dies bloß, weil ihm sein siecher Vorgänger, Fischbein der Trübe, kurz vor dem Hinscheiden bei einem frugalen Mahle geklagt hatte, er fühle sich mittlerweile selber wie ein ausgelaugtes, welkes **Radieschen**!

DER KATHOLISCHE SARG

Ein durch und durch katholischer Sarg, der sich als „letzte Kontrollinstanz vor der Auferstehung“ verstand, war demgemäß von unbarmherziger ***Strenge*** zu seinen Zöglingen. Beim ersten „unzüchtigen“ Gedanken, sei es auch nur nach ein wenig Zärtlichkeit, warf er sie augenblicklich hinaus und übergab sie der Kirche, die sie dann zur endgültigen Läuterung auf dem Scheiterhaufen verbrannte.

Wegen seiner unbeugsamen Disziplin wurde er später vom Vatikan sogar heiliggesprochen und befindet sich seither in der Krypta des Petersdoms.

Ob sich jemals ein „Auferstehungsanwärter“ fand, der fromm genug war, von ihm **Duldung** zu erfahren, ist immer noch unklar – da sich niemand „Seiner Heiligkeit“ zu nahe zu kommen, geschweige sie zu öffnen getraut ...

DIE ERBÄRMLICHE KREATUR

Eine Kreatur war so **hundserbärmlich**, dass man sich ihrer voller Mitleid und Güte erbarmte:

Man krönte sie zum Kaiser.

DAS UNHEILVOLLE GESCHÖPF

Ein Geschöpf war so unheilvoll, dass ausschließlich seine ***Verschweigung*** zum Heile führen kann.

Welchem hiermit – im Ansatz wenigstens – Rechnung getragen wird.

DIE UNHEILVOLLE KREATUR

Eine Kreatur war derart unheilvoll, dass ihre bloße **Beschreibung** schon, wie auch jede sonstige Erörterung, allergrößtes ***Unheil*** mit sich brächte.

Zur verdienten Schonung der Leser wird daher liebend gerne darauf verzichtet.

DAS UNHEILVOLLE WESEN

Ein Wesen war so unheilvoll, dass es einem bereits den Atem verschlug, wenn man nur von ihm ***hörte***.

Und damit man nicht etwa gar ersticke, wenn man von ihm ***liest***, soll hier natürlich keinem wie immer gearteten **Risiko** Vorschub geleistet werden ...

DER PAPST ALS TAUSENDFÜSSLER

Getrieben vom ehrgeizig-frommen, doch etwas naiven Wunschdenken, mit 1000 Beinen 500 Mal rascher unterwegs zu sein als mit zweien und auf diese Weise die so dringend nötige Missionierung in der Welt erheblich wirksamer zu bewältigen, erbat sich Papst Stupidius der Unzählbare eine Ausweitung seiner Existenz zum (heiligen) Tausendfüßler – die ihm lediglich aufgrund des freien Willens gewährt wurde.

Da er aber weder den Schöpfer noch seine künftigen Kollegen aus dem Tierreich zuvor konsultiert und sich auch keiner wie immer gearteten Schulung unterzogen hatte, waren die Folgen unausweichlich: Fortwährend stolperte er über seine eigenen Beine, kam **überhaupt** nicht mehr voran und verharrte bald völlig regungslos-apathisch in seinem schweren Amt. – Als Vorteil erwies sich einzig, dass er die Audienzen bedeutend schneller hinter sich brachte, da nun im besten Falle 1000 Besucher gleichzeitig, wenn auch unter leichtem Gedränge und Gewirre, seine Füße küssen konnten.

Doch anstatt über einen möglichst eleganten Ausstieg aus der Misere nachzusinnen, wählte er allzu hastig und leichtfertig als „Ausgleich“ für das strapaziöse Übermaß, den Rest seines Pontifikats gänzlich ***beinlos*** zu absolvieren. Bedauerlicherweise wiederum, ohne vorher den Rat des Herrn einzuholen.

Denn aus blanker Enttäuschung, dass es jetzt ***gar*** keine päpstlichen Zehen mehr zu lecken gab, traten die verwöhnten Gläubigen nun scharenweise aus der Kirche aus ...

DAS EXORBITANTE GESCHÖPF

Ein exorbitantes Geschöpf landete zu Besuch auf der Erde – und verließ sie sehr rasch und kopfschüttelnd wieder.

Es war zu dem Schlusse gekommen, dass deren Bewohner fast ausschließlich von „geradezu exorbitanter Dummheit befallen“ seien ...

DAS ERKLÄRLICHE GESCHÖPF

Ein erklärliches Geschöpf erfreut sich bis heute allergrößter Beliebtheit bei den Menschen.

Unerklärlicherweise aber fällt es einem gerade **deswegen** schwer, es weiter zu erklären ...

DAS UNERKLÄRLICHE GESCHÖPF

Ein Geschöpf war so unerklärlich, dass man am besten erst gar nicht ***versucht***, es zu erklären ...

DER SIEGESZUG DER HEILIGEN SCHRIFT

Auf einer Pilgerreise durch die italienische Provinz entdeckte Kardinal Pistazius Hasenfuß an den Wänden eines alten Pissoirs eine Reihe merkwürdiger Zeichen und Kritzeleien, die zwar absolut keinen Sinn für ihn ergaben, aber nichtsdestotrotz seine ungestüme heilige Neugier weckten.

Im Auftrage des Papstes, Rhinozeros des Weisen, berief er umgehend einige namhafte römische Gelehrte in das Örtchen – die schon bald seine Ahnung bestätigten: Es handelte sich fraglos um eine **heilige** Schrift!

Und nach einem überaus aufwendigen, sich über mehrere Jahre erstreckenden Prüfungs- und Entschlüsselungsverfahren war es dann endlich soweit. Der kostbare Text wurde feierlich und unwiderruflich in die Bibel integriert – die erst in ***dieser*** Fassung ihren (unerklärlichen) Siegeszug um die Welt antrat.

Und dass man heute nicht mehr weiß, **welche** Schriftstellen wann und wo gefunden, ergänzt, manipuliert oder „verloren“ wurden, spielt ohnehin eine höchst **unerhebliche** Rolle dabei …

DER UNSAGBAR DÄMLICHE GEIST

Ein Geist war auf eine solch ***un***sagbare Art und Weise dämlich, dass man es, schlimm genug, weder in Worte fassen noch sonst wie erklären konnte und kann, sondern fatalerweise nicht einmal ***realisierte***!

So konnte er ungehindert in die höchsten Ämter aufsteigen – und wurde schließlich sogar Papst!

Und dass es sich bloß um einen ***Geist*** handelte, das hatte man ohnehin am ***allerwenigsten*** registriert ...

DER POPULÄRE MORD

Ein Mord war so populär, dass er ***jede*** Wahl, ganz wie von selbst, gewann.

Kein Wunder – war er doch überzeugter Anhänger der ***Todesstrafe*** ...

DER SARG ALS GELDEINTREIBER

Als bloße Marionette zum Geldeintreiben wurde ein Sarg von der Bestattungsfirma „Sir Lionel Rosenkohls Tante“ missbraucht – um den drohenden Bankrott abzuwenden.

Man schickte ihn von Haus zu Haus, um durch seinen furchteinflößenden Anblick den Leuten leichter eine „Spende“ aus der Tasche zu ziehen, und duldete seine Heimkehr nicht, ehe er randvoll gefüllt war.

Es geht eben nichts über kreative Geschäftsmodelle …

DIE GRAUSIGE WAHRHEIT

Als „***hyper***aktive Mutter ohnegleichen“ wurde jahrelang Mrs. Ilsegrim Raudaschl allerorts mit Kopfschütteln bedacht, weil sie von früh bis spät mit dem Kinderwagen hektisch durch die Straßen raste, ohne irgendwo auch nur geringfügig zu verweilen.

Die grausige Wahrheit indes brachte erst Nachbarin Mrs. Harriet Schaumschläger ans Licht, die trotz ausdrücklicher Untersagung einmal „das liebe Kleine“ noch rasch tätscheln wollte, ehe es mit der Mama eiligst im Hause verschwand – und statt seiner das konservierte Haupt von Gatten ***Sydney*** Raudaschl im Wagen fand!

Printed by Books on Demand GmbH, Norderstedt / Germany